LE FILS AINÉ

In-12. 5e série.

— Le temps seulement pour moi de boire un verre de vin', pour Cocotte de manger un picotin d'avoine, et nous repartons.

LE FILS AINÉ

PAR MARIE ÉMERY

CINQUIÈME ÉDITION

> Le devoir est un gardien vigilant qui nous
> tient sans cesse en haleine ; un sage compagnon
> qui nous empêche de perdre la bonne voie,
> ou qui nous y fait revenir. — L. VEUILLOT.

LIBRAIRIE DE J. LEFORT

IMPRIMEUR ÉDITEUR

LILLE | PARIS

rue Charles de Muyssart, 24 | rue des Saints-Pères, 30

Propriété et droit de traduction réservés.

1884

LE FILS AINÉ

I

La catastrophe.

Par une froide et sombre journée de janvier de l'année 1865, la route qu'il faut suivre pour atteindre la petite ville de Saintes était presque entièrement déserte. De fortes rafales faisaient tournoyer la neige qui commençait à tomber, tandis que des nuages noirs et menaçants couraient rapidement au ciel. Tout annonçait que la nuit qui approchait serait terrible. Malheur aux pauvres voyageurs qui se verraient contraints de braver ce temps affreux! Aussi, piétons ou gens à cheval, tous se hâtaient de regagner leur demeure, afin de se soustraire le plus tôt possible aux dures atteintes de la tempête.

Bénissez Dieu, vous à qui il a accordé une maison bien close, un feu brillant, des vêtements chauds et commodes, tous les moyens enfin de combattre les rigueurs de l'hiver. Bénissez Dieu, et puissent les biens que vous possédez augmenter votre désir de soulager ceux qui souffrent de leur privation !

A deux lieues environ de la ville, la route forme une sorte de carrefour; aussi avait-on trouvé cet emplacement convenable pour y établir une auberge, servant ordinairement de station aux voituriers et aux petits commerçants qui parcouraient cette partie du pays. Un cordial accueil, un bon gîte, une modeste rançon, tels étaient les avantages que l'on était certain de trouver chez maître Lorin. Aussi l'étroite salle de l'auberge renfermait-elle ordinairement de nombreux voyageurs.

Mais, hélas! il n'en était pas ainsi par cette froide et triste journée de janvier; et cette solitude inaccoutumée arrachait de profonds soupirs à notre hôte, lorsqu'il vit s'arrêter devant sa porte la voiture bien connue de l'un de ses plus anciens commensaux, Jacques Bressant, autrefois simple marchand colporteur, mais possédant alora un joli établissement dans la ville de Saintes.

Maître Lorin s'empressa aussitôt de courir au-devant du voyageur, et ce fut du ton d'une vive satisfaction qu'il lui souhaita la bienvenue. Il ne doutait pas que Jacques, ou plutôt M. Bressant, comme il se plaisait alors à le nommer, n'eût l'intention de passer la nuit sous son toit, et déjà il s'apprêtait à dételer lui-même la petite voiture ; mais le marchand s'y opposa, et, à son grand désappointement, l'aubergiste apprit que Bressant ne comptait s'arrêter que quelques minutes.

« Le temps seulement pour moi de boire un verre de vin, pour Cocotte de manger un picotin d'avoine, et nous repartons, dit Jacques.

— Comment, interrompit tristement maître Lorin, vous allez continuer votre route, malgré la nuit qui approche et la tempête qui se prépare.

— Il le faut, j'ai promis à ma femme de rentrer aujourd'hui, et un manque de parole, auquel elle n'est pas habituée, l'exposerait à trop d'inquiétude ; ma pauvre Marthe ne fermerait pas l'œil de la nuit.

— Mais il y a du danger....

— Du danger ? allons donc ; je connais la route que j'ai parcourue mille fois, et Cocotte a le pied sûr. »

En parlant ainsi, Jacques Bressant caressait de la main sa fidèle jument.

« Dites tout ce qu'il vous plaira, continua Lorin, mais si j'étais le maître....

— Vous retiendriez de force l'hôte qui veut vous échapper; mais, s'il plaît à Dieu, mon ami, je souperai ce soir avec ma femme et mes enfants, et le plaisir de me retrouver au milieu d'eux me fera oublier le froid et la fatigue.

— Vous êtes libre sans doute, M. Bressant....

— Appelez-moi Jacques, mon vieil ami, comme vous le faisiez autrefois. Croyez-vous donc que j'ai oublié le temps où le pauvre colporteur trouvait à votre table un dîner qu'il ne payait pas toujours?

— Il les a amplement payés depuis, repartit vivement l'aubergiste.

— En argent, peut-être; mais ce n'est là qu'une partie de la dette, celle de la reconnaissance reste entière. Maintenant, adieu; Cocotte s'impatiente, et, plus sage que son maître, elle sent qu'il faut nous hâter. »

Et à peine Jacques avait-il achevé ces mots et fait à son ami un signe amical, qu'il s'empressa de monter dans sa carriole qui s'éloigna rapidement.

L'aubergiste la suivit tristement du regard,

s'étonnant lui-même de l'impression pénible que ce départ lui faisait éprouver. Il demeura ainsi pendant quelques minutes immobile et si absorbé par de fâcheux pressentiments, qu'il ne s'apercevait point de l'âpreté de la bise qui lui soufflait au visage, tandis que ses vêtements étaient complètement couverts de neige.

Cependant la nuit arrivait à grands pas, et la tempête allait toujours en augmentant. Les inquiétudes de Lorin pour la sûreté de son ami suivaient la même progression.

« J'aurais dû insister davantage, se disait-il, et peut-être Jacques eût-il fini par céder. Ah ! s'il devait lui arriver malheur, il me semble que je ne pourrais jamais me le pardonner. »

Pendant que l'aubergiste restait livré ainsi aux plus pénibles préoccupations, Jacques Bressant poursuivait rapidement sa route ; mais bientôt il s'aperçut que l'ardeur de Cocotte commençait à se ralentir ; et, malgré les encouragements de son maître, elle finit même par refuser entièrement de marcher. Cet entêtement, tout à fait en dehors des habitudes de la jument, devait provenir de quelque cause particulière ; le marchand pensa qu'une pièce du harnais s'était peut-être détachée, et il se hâta de descendre afin de vérifier si ses soupçons étaient fondés. Aveuglé par les tourbillons que formait la neige, Jacques fut quelques instants avant de reconnaître la nature de l'accident auquel il lui fallait remédier. A cette difficulté il faut ajouter aussi celle que présentaient les mouvements brusques et désordonnés de la jument, qui regimbait, se cabrait sous la main de son maître. Les efforts de Jacques pour la calmer demeuraient impuissants, lorsque tout à coup il reçut en pleine poitrine un choc si violent qu'il en fut renversé. Alors, poussée par cette sorte de vertige que les désordres de la nature provoquent parfois chez les animaux, Cocotte partit avec la rapidité d'une flèche, écrasant son malheureux maître sous les roues de la voiture.

Un seul cri échappa à l'infortuné; ce fut celui de toutes nos douleurs, soit physiques, soit morales : « Mon Dieu! »

Puis il demeura couché sur la route et entièrement privé de sentiment.

II

La rencontre.

Un long temps s'écoula avant que le malheureux Jacques sortît de ce sommeil de mort qui
le tenait comme enchaîné sur sa froide couche.
Bien qu'il reconnût de suite que sa perte était
certaine, il ne voulait pas cependant mourir là
isolé, privé des secours de notre sainte religion,
et sans qu'une main amie eût pressé la sienne.
Un pareil sort eût été trop affreux, et il supplia
le Dieu de miséricorde de le lui épargner. Ses
premiers efforts, pour s'éloigner de ce lieu fatal,
furent infructueux, et il crut qu'une pareille
tâche serait au-dessus de ses forces; mais soutenu
par le Dieu qu'il implorait du fond du cœur, il
parvint enfin à franchir la distance qui le séparait
de la maison de Lorin; puis, une fois arrivé, il
réunit tout ce qui lui restait de force pour heurter
à la porte, en appelant son ami à son secours.
Celui-ci, renonçant à tout espoir d'héberger pour
cette nuit quelque voyageur attardé, venait de se
mettre au lit lorsque les accents du malheureux

blessé vinrent frapper ses oreilles. Il tressaillit, car cette voix lui était bien connue : hélas ! ses pressentiments s'étaient faits réalité.

Courir auprès de l'infortuné Dressant, le porter jusque dans la salle où il s'était si souvent joyeusement attablé, lui prodiguer les soins empressés de la plus tendre amitié, tout cela fut pour Lorin l'affaire d'un instant. Lorsque l'effet de la chaleur, joint à celui des cordiaux que lui avait administrés le désolé Lorin, eut un peu ranimé le blessé, il manifesta aussitôt la volonté d'être transporté chez lui ; et, malgré une vive répugnance, il fallut que son ami y consentît.

Le chrétien voulait que sa cendre reposât auprès de celle de son père ; le chef de famille voulait recevoir un dernier baiser des lèvres de ses enfants. A ces considérations venait s'en joindre une autre qui dominait un peu les appréhensions de Lorin sur les suites d'un tel voyage pour le blessé. En partant à l'instant pour Saintes, où il pouvait être rendu en une heure, son ami recevrait plus tôt les secours d'un médecin ; et un vague espoir germait encore dans le cœur de l'aubergiste, que le pauvre Jacques pourrait être sauvé.

La violence de la tempête était alors apaisée, et les voyageurs n'avaient plus à redouter de nouveaux accidents. Lorin se hâta de se procurer une voiture dans laquelle il plaça son ami le plus commodément possible, et l'on se mit en route.

Bien que le mouvement accrût encore les souffrances du blessé, il sut s'abstenir de toutes plaintes et contribua ainsi à augmenter la sécurité de son compagnon.

Onze heures sonnaient quand ils entraient dans la ville; ils venaient de traverser la place, et n'étaient plus qu'à une petite distance de la maison de Dressant, lorsque la voiture se vit tout à coup arrêtée par une bande joyeuse qui déboucha d'une rue adjacente. C'étaient des jeunes gens qui, après avoir copieusement soupé, se rendaient au bal. Quelques-uns d'entre eux étaient masqués, car le temps de ces déplorables fêtes, que l'on appelle le carnaval, était commencé.

« ¡Holà! cocher, s'écrièrent quelques voix; il nous faut ta voiture, car la neige pourrait gâter nos habits. Ainsi hâte-toi de descendre. »

Sans daigner répondre à cette invitation, Lorin s'efforça de passer; mais l'un des jeunes gens saisit la bride du cheval, tandis que ses camarades se mettaient en devoir d'ouvrir la portière.

« Arrière, malheureux! s'écria alors Lorin avec colère, il y a là un homme qui se meurt. »

Cette assertion rencontra une complète incrédulité.

« Il ment, il ment, répéta tout un concert de voix : le moyen est mauvais, l'ami, et nous te prévenons qu'il ne réussira pas. Allons, il nous faut ta voiture ; dépêchons, la nuit est froide en diable.

— Je vous dis que l'un des citoyens les plus honorables de votre ville, Jacques Bressant enfin, est là, dangereusement blessé, mourant peut-être. »

L'accent de Lorin, en prononçant ces mots, avait quelque chose de si profondément triste qu'il n'était plus permis de douter de l'authenticité de cette malheureuse nouvelle, et un silence plein de stupeur succéda bientôt aux folles et bruyantes clameurs qui retentissaient un instant auparavant. Puis un jeune homme, qui faisait partie du groupe qui avait arrêté la voiture, et dont la main était encore posée sur la portière, s'écria avec une indicible expression d'angoisse :

« Est-il possible, grand Dieu ! ai-je bien entendu ? mon père ! mon père dangereusement blessé !... »

Cette voix vint frapper le malheureux Jacques, quoiqu'il n'eût prêté jusqu'alors aucune attention à ce qui se passait autour de lui.

« Charles, est-ce toi ? murmura-t-il faiblement.

— Mon père ! mon père ! poursuivit le jeune homme en proie à la plus douloureuse agitation.

Hélas ! j'essayais encore d'en douter. Mais où ce malheur est-il arrivé ? A quelle cause faut-il l'attribuer, M. Lorin ? répondez-moi. »

L'aubergiste donna alors connaissance au jeune Bressant du peu de détails qu'il possédait lui-même sur cet affreux accident. Mais bientôt le blessé l'interrompit, en disant à son fils, d'une voix qu'on distinguait à peine :

« Précède-nous au logis... va... tu préviendras ta mère... et le coup sera un peu moins terrible pour elle.... Mais hâte-toi... car je le sens... mes moments sont comptés. »

Charles s'éloigna, mais c'était le désespoir dans l'âme qu'il se disposait à remplir sa triste mission. Frappé tout à coup au milieu de ses folles et coupables joies par la main du malheur, il était dans la position d'un homme qui se débattrait vainement contre un songe horrible ; il semblait qu'une main de fer lui étreignît le cœur. Jamais jusqu'à ce jour une si affreuse douleur ne s'était emparée de son âme.

Ce père si bon, si courageux, si dévoué à sa famille, et qui va lui être enlevé d'une manière aussi cruelle qu'imprévue !... comment apprendre cette funeste nouvelle à sa mère ? quelles paroles employer ? en existe-t-il qui aient le don d'adoucir la fatale vérité ?

Charles avance rapidement, car son père lui a recommandé de se hâter, et cependant il donnerait tout au monde pour pouvoir retarder l'instant où il sera en présence de sa mère ; il voudrait que chacun de ses pas l'éloignât de leur demeure au lieu de l'en rapprocher, et enfin, lorsqu'arrivé devant la porte il y frappe d'une main tremblante, de l'autre il cherche à comprimer les battements de son cœur qui l'étouffaient.

III

Faiblesse et repentir.

Pendant que les tristes événements de cette soirée s'accomplissaient, Marthe Bressant, la femme de l'ancien colporteur, attendait avec une pénible impatience le retour de son mari et de son fils. Le mauvais temps expliquait le retard de Jacques, et sa femme en était réduite à désirer même qu'il lui manquât de parole, en passant le reste de la nuit chez Lorin, ainsi que cela lui était parfois arrivé. Plus la soirée s'avançait, et plus Marthe se flattait que son mari s'était arrêté à ce sage parti. « Il ne reviendra pas, se disait-elle, oh ! non ; » et cependant elle l'attendait.

L'absence prolongée de Charles était bien plus difficile à expliquer, et une douloureuse émotion s'élevait dans l'âme de Mme Bressant, lorsqu'elle songeait à l'emploi que donnait probablement le jeune homme au temps qui se passait pour elle d'une manière si pénible. Charles était l'aîné des cinq enfants du marchand, et il venait d'atteindre sa vingt et unième année. Forcé par ses affaires à de fréquentes absences, Jacques avait dû nécessairement s'en reposer en grande partie sur sa femme des soins que réclamait sa jeune famille, et Marthe avait apporté dans l'accomplissement de cette tâche plus de bonté et de tendresse que de prudence et de fermeté. Au lieu de chercher, de concert avec son époux, à corriger les défauts de ses enfants, elle s'était toujours appliquée soigneusement à les lui dissimuler, et les résultats d'une pareille faiblesse ne pouvaient manquer d'être déplorables.

Anatole, qui était le cadet, avait alors dix-huit ans; puis venait une jeune fille de quinze ans, appelée Cécile; enfin deux autres jeunes garçons moins âgés de trois ou quatre années. La suite de ce récit servira à développer les différents caractères des enfants de Marthe, et nous devons nous borner maintenant à cette rapide mention.

Il commença à devenir évident pour Mme Bressant

que Charles, malgré la défense expresse qu'elle
lui en avait faite, s'était rendu au bal; il avait
compté sur l'absence de son père, et n'avait point
reculé devant la crainte d'affliger la bonne mais
faible Marthe, qui lui avait déjà pardonné maintes
fautes de ce genre. Et qu'on ne croie pas néanmoins que Mme Brossant s'abusât sur les suites
funestes que devaient entraîner pour son fils d'aussi
coupables amusements; non, elle savait parfaitement quels dangers y courait sa moralité, comme
elle n'ignorait pas, hélas! que la contagion du vice
est celle qui s'inocule le plus sûrement. Mère et
chrétienne, elle gémissait, elle pleurait; ses
craintes étaient incessantes; eh bien, par une inqualifiable faiblesse, elle tolérait en quelque sorte
une pareille conduite. Cependant Marthe venait
de prendre la résolution d'adresser de sérieux reproches au coupable; aussi comptait-elle attendre
seule, et toute la nuit s'il le fallait, son retour,
afin que cette veille, si fatigante et si pénible,
ajoutât encore aux regrets qu'elle espérait faire
naître dans l'esprit de son fils. Pour cette fois,
elle était bien décidée à laisser déborder toute
son indignation, sans permettre que la tendresse
maternelle vînt en adoucir l'expression. Mais, à
l'avance, elle était émue, pâle, tremblante, en
songeant à la scène qui allait avoir lieu, et lors-

qu'elle entendit le coup par lequel Charles annonçait son arrivée, et qu'elle se leva pour aller lui
ouvrir, la lumière vacilla dans sa main frémis-
sante, et elle fut obligée de se rasseoir un instant.

« Voyons donc, du courage, se dit Marthe, et
puisque mes pleurs et mes prières sont sans pouvoir sur cet ingrat, il ne trouvera plus en moi
que la mère justement irritée; il le faut pour lui,
pour mes autres enfants, puis aussi pour mon
excellent époux dont mon indigne faiblesse trompe
la confiance. »

Oh ! oui, pauvre femme, tu as besoin de courage ; demande à Dieu qu'il te soutienne, car lui
seul pourra t'aider à supporter le coup qui te
menace. C'est au ciel qu'il faut chercher le courage et la résignation ; ces dons divins ne peuvent
émaner que de Dieu seul.

Lorsque la porte fut ouverte, la clarté de la
lampe que tenait Mme Bressant, tombant en plein
sur Charles, lui montra tout d'abord son déguise-
ment, et cette vue lui rendit soudain la sévérité
plus facile.

« Oses-tu bien, s'écria-t-elle, venir jusque sous
le toit honorable de ton père, vêtu de ces sales
oripeaux? est-ce pour mieux me prouver à quel
point tu as méprisé ma défense? »

Si l'on se rapporte à la situation d'esprit dans

laquelle se trouvait alors le fils du malheureux Jacques, à l'affreuse douleur que lui causait l'état de son père et à la nécessité d'en instruire son excellente mère, on comprendra peut-être le sentiment de pénible honte qui s'empara de lui, lorsque les paroles de celle-ci fixèrent son attention sur la dégoûtante parure qu'il portait encore, mais qu'il avait complètement oubliée. Elle lui fit horreur.... Son père est là à deux pas, il se meurt, et, dans ce cruel moment, Charles se sent indigne même de prononcer son nom; il demeure pâle, éperdu; la douleur et la honte l'accablent; il ne sait plus où trouver des mots pour instruire sa mère de la fatale nouvelle, et, se laissant tomber sur un siège, il éclate en sanglots.

Mme Bressant le contemple d'abord dans un muet étonnement; en présence d'une pareille douleur, sa colère s'est déjà évanouie.

« Ne sais-tu pas, dit-elle enfin, que le pardon suit toujours le repentir?

— Ah! s'écrie le coupable jeune homme, c'est moi sans doute que Dieu aura voulu punir; mais pourquoi ne suis-je pas le seul? »

Ces paroles avaient besoin d'explication; il fallut bien que Charles la donnât. Les mots qui sortaient avec peine de ses lèvres entraient dans le cœur de la malheureuse Marthe comme autant de traits

aigus. Elle eût voulu tout à la fois presser son fils
de parler et de se taire ; elle appelait la vérité et
la repoussait. Enfin, les derniers mots de cette
triste scène furent : « Mon Dieu, ayez pitié,
ayez pitié ! » Car dans toutes nos souffrances nous
sentons le besoin de ce pressant secours. On peut
bien parfois oublier Dieu lorsque la vie est belle
et vous sourit : l'homme, naturellement ingrat,
le devient plus encore dans le bonheur ; mais que
la main de la douleur s'appesantisse sur sa tête,
il comprend alors sa faiblesse et se tourne vers
Celui qui seul peut le soutenir et adoucir ses
maux.

IV

La mère et le fils.

Nous n'entreprendrons pas de décrire longue-
ment les derniers instants de Jacques Bressant ; si
l'époux, le père, regrettait la vie, le chrétien était
résigné. Cette mort fut celle du juste qui prie et
qui espère. Sa famille en pleurs était agenouillée
autour de son lit ; il prit congé d'elle avec la
ferme confiance de se retrouver plus tard dans un

monde meilleur : sublime croyance qui a seule le pouvoir de rendre la séparation moins amère. Jacques enjoignit à ses enfants l'amour, le respect, l'obéissance envers leur excellente mère ; puis il les réunit tous dans une dernière bénédiction, et s'endormit paisiblement pour se réveiller dans le sein de Dieu.

Après la perte de son époux, Marthe demeura affaissée sous le poids d'une telle douleur qu'il semblait que rien ne pût l'adoucir. Les larmes de ses enfants la laissaient indifférente, leurs caresses lui étaient importunes ; son chagrin l'absorbait complètement, et hors de là, on eût dit que plus rien n'existait pour elle.

Cependant le désordre pénétrait de jour en jour plus profondément dans cette maison autrefois si bien réglée. Faute d'une direction sage et prudente, les affaires étaient nulles ou onéreuses, et si un tel état de choses devait continuer, c'en serait fait bientôt de l'établissement créé par l'ancien colporteur, au prix de tant de sueurs et de fatigues.

Les plus jeunes enfants eux-mêmes s'apercevaient du changement qui s'était opéré dans les habitudes d'intérieur, et, sans se rendre un compte exact des suites désastreuses qui pouvaient en résulter, ils souffraient néanmoins et se demandaient s'ils avaient donc perdu aussi leur mère.

Ces mots furent entendus une fois par la malheureuse veuve, et ils la tirèrent pour un instant de cet état de sombre léthargie dans lequel elle était constamment plongée. Lorsque la douleur dépasse certaine limite, elle devient coupable aux yeux de Dieu. Il veut que nous supportions avec résignation les épreuves qu'il lui plaît de nous envoyer, et proscrit sévèrement le désespoir. Celui de la mère de famille est doublement répréhensible s'il la conduit à négliger des devoirs sacrés. Marthe le savait; mais, hélas! cette conviction ajoutait seulement un remords à ses autres chagrins, sans qu'elle essayât de vaincre ce fatal découragement. Si les divers membres de la famille Bressant regrettaient vivement le chef bien-aimé qui lui avait été si subitement enlevé, Charles était celui de tous les enfants de l'ancien colporteur sur qui cette impression agissait le plus fortement. On eût dit que la mort de son père avait soudainement fait faire à sa raison un pas immense; lui qui jusqu'à ce jour avait méconnu tant de devoirs sans qu'un seul regret effleurât son cœur, il comprenait enfin la part qu'ils doivent occuper dans notre vie. C'est que Dieu se sert souvent de la douleur pour épurer notre âme; et à ce titre, chrétiens, nous devrions, non pas en murmurer, mais au contraire la bénir.

Une généreuse émulation s'empara de l'esprit du jeune homme : ce fut de remplacer, autant qu'il était en lui, le père que Dieu lui avait repris. S'il n'avait ni ses vertus ni son expérience, ne pourrait-il, à force de bonne volonté, finir par les acquérir? Si les devoirs qu'il allait s'imposer étaient d'une exécution difficile, n'aurait-il point, pour stimuler son courage et aplanir les obstacles, l'appui de Celui qui sait nous tenir compte de toutes nos bonnes intentions ?

Ces résolutions, quelques instants flottantes dans l'esprit du jeune homme, acquirent une nouvelle force, un jour qu'il avait été prier sur la tombe de son père, et dès lors il résolut de les mettre à exécution sans retard.

Aussitôt son retour, il alla trouver sa mère dans la chambre où elle restait presque constamment renfermée, et, voyant encore son visage couvert de pleurs, il dit doucement :

« Ma bonne mère, si pieuse, si dévouée autrefois à ses enfants, n'essaiera-t-elle pas, pour l'amour d'eux, de combattre un peu cette amère douleur ? »

Mais la veuve l'interrompit en s'écriant :

« Hélas ! c'est sur vous surtout que je pleure, sur vous à qui cette mort a tout enlevé. Sans doute mon cœur déplore la perte cruelle de l'époux, du guide, de l'ami que le Ciel m'avait donné ; mais c'est par-dessus tout le père de mes enfants, leur sage et excellent protecteur que je regrette. Lorsque je songe maintenant à votre avenir, mon âme recule épouvantée. Que puis-je, moi, faible femme qui ne sait que vous aimer et à qui le chagrin a ôté le peu d'énergie que je possédais ? La tâche qui m'est imposée dépasse évidemment mes forces. Il m'eût fallu, pour me seconder, une main ferme et habile, tandis que je suis seule, et cette pensée achève de me décourager.

— Ne voulez-vous point accepter mon aide ? » reprit Charles avec un peu de timidité ; car il semblait que son passé devait inspirer à sa mère plus de craintes que d'espérances.

Aussi la veuve l'interrompit-elle vivement en s'écriant :

« Toi m'aider à supporter ce lourd fardeau ? Toi, malheureux enfant, qui as si souvent contristé mon cœur par ta conduite, iras-tu donc prêcher la subordination à Anatole, quand tu t'es toujours montré, à mon égard, fils insubordonné ? Reprocheras-tu à Frédéric son goût immodéré pour le plaisir, à André sa paresse ? Mais ils te répondront justement que tu leur donnes toi-même l'exemple de ces défauts, et qu'avant de vouloir corriger les autres, il faut d'abord savoir se corriger soi-même. »

Une pénible honte se lisait sur le visage de Charles, pendant que sa mère s'exprimait ainsi : il sentait qu'elle avait raison et que notre influence sur les autres est en raison directe de l'estime qu'a su leur inspirer notre propre caractère. En donnant à ses frères de fâcheux exemples, il avait donc été doublement coupable. Un triste silence succéda aux paroles de la veuve ; enfin Charles le rompit en disant :

« Soyez convaincue, ma bonne mère, qu'à l'avenir personne n'aura le droit de me reprocher ces défauts que je dois convenir être les miens ; j'ai pris la très ferme résolution de changer complètement de conduite.

— Puisses-tu dire vrai ! reprit Mme Bressant dont la tête retomba sur la poitrine.

— Mais vous ne me croyez pas ? repartit vivement le jeune homme.

— Plusieurs fois déjà tu m'as fait semblable promesse, et cependant....

— Oh ! mais c'est qu'alors je n'avais pas vu mourir mon père, je ne m'étais pas senti écrasé sous le poids de mes remords.... Les devoirs que je foulais aux pieds n'avaient point le caractère doublement sacré qu'ils ont acquis par le fait de cette mort! elle a changé mon cœur. Ayez confiance en moi, ma mère, et vous verrez que, pour cette fois du moins, je ne tromperai point votre attente.

— Je reçois ta promesse, dit la veuve, je veux même m'efforcer d'y croire ; mais tu dois comprendre qu'il me faut des faits pour être bien convaincue de la fermeté de tes résolutions.

— Eh bien, soit! l'avenir vous répondra, et je me fie à lui pour effacer le passé. Mais, de son côté, notre bonne mère ne fera-t-elle pas quelques efforts pour combattre son désespoir? Ses enfants, dont elle s'isole, ont bien besoin de sa présence ; et si elle leur permettait d'essuyer parfois ses pleurs, peut-être seraient-ils un peu moins amers ; une douce parole, une marque d'approbation de votre part rendraient moins difficile la tâche que je veux entreprendre, en continuant l'œuvre de notre père, en le remplaçant au moins dans la mesure de mes forces.

— Mon enfant, reprit Marthe en tendant la main à son fils, si tu persévères dans ces bonnes résolutions, tu auras apporté déjà le seul adoucissement possible à mes inquiétudes, à mes chagrins, et je pourrai envisager notre position avec moins d'effroi. Tu as l'intelligence, la force, la bonne volonté ; je vais prier Dieu de toute mon âme de t'accorder aussi la persévérance, sans laquelle tout le reste ne serait rien.

— Il vous exaucera, dit Charles avec feu, car c'est lui certainement qui a fait naître quelques bons mouvements dans mon cœur, que je lui avais toujours tenu obstinément fermé. Du haut des cieux, où ses vertus l'ont sans doute placé, mon père veille encore sur nous; et, comme j'étais le plus coupable, c'est pour moi d'abord qu'il aura intercédé.

— Ah! puisse-t-il m'obtenir aussi la résignation! » dit Marthe.

Charles parvint à décider sa mère à quitter la chambre dans laquelle son époux était mort, et il la ramena au milieu de ses enfants qui accueillirent sa présence avec une joie manifeste; mais c'était surtout l'aîné des fils de la veuve qui savourait le plus vivement la victoire qu'il avait remportée sur le sombre désespoir qui minait l'existence de sa mère; il y voyait un premier succès dû à ses bonnes résolutions, et il se promit plus fermement encore d'y persévérer.

V

Combats et devoirs.

Ce fut avec un véritable courage que Charles se voua dès lors à la tâche qu'il s'était imposée, et qui consistait d'abord à régler sa propre conduite sur celle dont son père lui avait donné l'exemple, c'est-à-dire en substituant l'activité à la paresse, l'ordre au désordre, la retenue à la dissipation. Il ne faudrait pas croire néanmoins que ces changements s'opérèrent sans qu'il s'élevât souvent dans le cœur du jeune homme de violents combats. L'esprit du mal, qui veille toujours en nous, ne laisse pas si aisément échapper sa proie. Plus d'une fois Charles se sentit saisi d'un amer dégoût pour cette vie pleine de labeurs qui était devenue la sienne, et il se prenait à regretter ses amusements passés. Devait-il imposer à sa jeunesse les soucis de l'âge mûr, et la déshériter ainsi des plaisirs qu'elle lui promettait? Quels fruits recueillerait-il de ses sacrifices? Valaient-ils toute la peine qu'il se donnait pour les acqué-rir?... Lorsque ces funestes pensées s'emparaient

de l'esprit du jeune homme, il en résultait toujours une sorte de relâchement dans ses nouvelles
habitudes, qui n'échappait point à l'inquiète vigi-
lance de sa mère, et qui lui inspirait les inquiétudes les plus vives. Du reste, dominée toujours
par la même faiblesse de caractère, la pauvre
veuve gémissait en silence et concentrait ses
craintes au fond de son cœur.

Charles ne trouvait pas non plus dans la jeune
famille dont il s'était fait le protecteur, et au
bien-être de laquelle il travaillait avec ardeur, la
soumission et la reconnaissance qu'il se croyait en
droit d'en attendre; et souvent on opposait à son
autorité le murmure et la révolte. C'était là encore
une de ces épreuves qui menaçaient de détruire
les bonnes résolutions du jeune homme. Il se
plaignait amèrement de cette ingratitude qui rendait
encore sa tâche plus difficile et plus pénible. Mais
quels que fussent les combats que Charles avait à
soutenir contre les autres et contre lui-même, la
grande voix du devoir parlait plus haut dans son
âme que celle de ses regrets et de ses ressentiments;
c'était vainement qu'il eût cherché à l'étouffer, sa
puissance devait finir par l'emporter. Et ici nous
ne pouvons résister au désir de retracer le tableau
du devoir, tel que l'a décrit une plume éloquente :

« Béni soit Dieu qui nous donne des devoirs.

Le devoir est un gardien vigilant qui nous tient sans cesse en haleine; un sage compagnon qui nous empêche de perdre la bonne voie, ou qui nous y fait revenir; un phare qui brille dans la nuit du doute; un maître inflexible qui nous tourmente au sein des plaisirs. Pour le chrétien, le devoir est un champ miraculeux qu'il féconde avec allégresse, voyant tout fleurir sous la rosée de ses sueurs, et écoutant, comme la chanson d'autant de joyeux oiseaux, les doux souvenirs de ses labeurs que le Ciel a bénis. »

D'ailleurs, Dieu, qui nous tient compte de nos moindres aspirations vers le bien, devait venir en aide à Charles, pour lui donner la force de lutter contre les obstacles qu'il rencontrait, tant dans son propre cœur que dans celui de ses frères. Il lui donna aussi, comme encouragement, comme première récompense, ce contentement qui naît de la certitude d'avoir bien agi : douce impression que l'on porte partout avec soi et qui est bien préférable à tous les plaisirs du monde.

Deux années se passèrent pendant lesquelles, grâce aux soins et à l'activité de Charles, l'établissement créé par son père, au lieu de perdre de son importance, prit au contraire un nouvel accroissement. Anatole venait de terminer ses études; il entrait dans sa vingtième année, tandis

que les deux plus jeunes garçons touchaient à
l'adolescence. Quant à Cécile, elle aidait sa mère
dans les soins du ménage; on retrouvait en elle
toute la douceur, mais aussi toute la faiblesse de
caractère qui distinguaient la bonne Marthe.

VI

Anatole.

Nous prierons le lecteur de vouloir bien nous
suivre encore une fois dans l'auberge de maître
Lorin où Charles vient de s'arrêter un instant avant
de continuer sa route; le jeune homme désire
presser la main de cet ancien ami de son père, qui
est demeuré celui de toute la famille Bressant.

Après quelques minutes d'entretien sur des
choses indifférentes, Lorin dit tout à coup :

« Sais-tu bien, mon garçon, que je suis chargé
près de toi d'une mission?

— Vraiment! repartit gaiement Charles; je ne
me croyais pas un personnage assez important pour
que l'on se crût obligé de traiter avec moi par voie
d'ambassadeur. Qui donc vous a chargé de ses
intérêts, M. Lorin?

— Anatole. ·

— Mon frère? mais je le quitte à l'instant.

— Il craint que la communication que j'ai à te faire ne devienne entre vous un sujet de dissentiment, et c'est pourquoi il a préféré recourir à un tiers. »

L'expression d'étonnement que peignait d'abord la physionomie de Charles se changea en tristesse, lorsqu'il reprit :

« C'est douter de mon affection fraternelle ou de la justice de sa cause. Vous savez, M. Lorin, que je me suis toujours efforcé de concilier les devoirs que m'imposent envers ma famille mon titre d'aîné et le désir de ne point perdre en attachement ce que je gagnais en autorité.

— C'est un fait dont je suis prêt à répondre, mon garçon ; tu t'es bien et noblement conduit depuis l'instant où la mort de ton pauvre père est venue t'imposer une lourde responsabilité. Enfin, voici ce qu'Anatole veut que tu saches.

— Je vous écoute, M. Lorin, mais en tremblant d'avoir deviné.

— Notre jeune homme est décidé à quitter Saintes, afin d'aller à Paris faire son droit, car il veut être avocat.

— Et voilà ce à quoi je ne consentirai jamais, reprit Charles avec force, s'il m'est possible de l'empêcher. Ce serait sacrifier à l'ambition d'un seul des ressources qui appartiennent à tous, et dont ma qualité de tuteur et d'aîné m'a fait le dépositaire; je serais donc coupable en agissant ainsi.

— Mais Anatole se contenterait de peu et.....

— Anatole est ambitieux, M. Lorin, et vous devez savoir où peut conduire un semblable défaut, si j'étais assez insensé pour y prêter mon appui. Notre commerce s'agrandit; il m'est impossible de suffire seul à tous les besoins qu'il exige, et je préfère trouver dans mon frère l'aide dont j'ai besoin, plutôt que de le demander à un étranger.

— Il prétend avoir du dégoût pour le commerce.

— Et moi donc, reprit vivement Charles, le temps n'est pas encore fort éloigné où je me sentais du dégoût pour toute espèce d'occupation. D'ailleurs, M. Lorin, en m'opposant au projet d'Anatole, je ne fais que me conformer à une volonté qui doit être sacrée pour nous : celle de notre père. Or voici la réponse qu'il fit à mon frère, lorsque celui-ci lui manifesta le désir de faire son droit : « Si Dieu me prête vie, tu seras marchand comme moi, ou du moins tu embrasseras une profession analogue à notre fortune. L'avocat pauvre est parfois exposé à sacrifier son honneur, en se chargeant de défendre de mauvaises causes, parce que le besoin de vivre, vois-tu, l'entraîne à trafiquer honteusement de ses talents et de sa conscience. Dans une autre position, il eût été sans doute un honnête homme, et c'est en croyant s'élever qu'il est tombé aussi bas. Je ne consentirai jamais d'ailleurs à sacrifier l'avenir de mes autres enfants à l'ambition d'un seul; cela ne sera pas; renonce donc à un désir insensé. » Ces sages paroles sont gravées dans mon esprit, M. Lorin, et elles doivent servir de règle à la conduite d'Anatole comme à la mienne.

— Je rapporterai notre entretien à ton frère; mais je doute qu'il se résigne, car c'est un caractère obstiné. »

Charles emporta de cette entrevue une pénible inquiétude, qui le suivit pendant tout le cours de son voyage. Il craignait aussi qu'Anatole ne profitât de son absence pour mettre sa mère de son parti. Toute lutte était si antipathique au caractère de Marthe, que le désir de les éviter pouvait l'entraîner à de fâcheuses concessions.

Ces craintes se trouvèrent justifiées au delà même des prévisions de Charles. Instruit par Lorin de l'opposition que son frère aîné comptait mettre à son dessein, Anatole s'était appliqué non seulement à obtenir l'approbation de Marthe, mais encore il mit sa sœur et ses deux plus jeunes frères dans ses intérêts ; et aussitôt son retour, Charles se vit pressé de toutes parts de consentir au départ d'Anatole. Toute la famille s'imposerait volontiers les sacrifices d'argent qui en pouvaient résulter ; un tel obstacle ne devait point les retenir lorsqu'il s'agissait du bonheur de leur frère.

Charles résista cependant ; fort de la volonté de son père, de l'appui de sa conscience, bien convaincu d'ailleurs que l'intérêt même d'Anatole lui prescrivait cette fermeté, il s'opposa de tout son pouvoir à un parti dont les funestes conséquences lui paraissaient évidentes. Quelque temps plus tôt, il eût cédé peut-être ; mais les combats qu'il avait eus à soutenir contre ses propres penchants lui avaient appris à prendre toujours sa conscience pour juge, et, dans cette occasion, elle lui prescrivait la résistance à un projet imprudent. Lorsque Dieu nous accorde une certaine part d'autorité, nous ne saurions apporter trop de circonspection dans l'usage que nous en faisons. Gardons-nous à la fois de la tyrannie et de la faiblesse, car les suites en peuvent être également désastreuses. L'une conduit à la violence, l'autre à une lâche complaisance. Dans le doute, prions Dieu de nous éclairer, c'est un guide sûr et qui ne trompe jamais.

Cette résistance, à laquelle il ne s'était pas

attendu, exaspéra Anatole, et sa colère s'exhala en paroles, en reproches amers.

« Dans un an, disait-il, je serai le maître de mes actions ; une tyrannique et injuste autorité ne viendra pas s'opposer à l'exécution de mes désirs, et malgré la jalousie que l'on cherche à couvrir de prétextes spécieux, je serai avocat. »

Ce mot de jalousie blessa profondément Charles; cependant il répondit avec calme :

« Dans un an, tu ne songeras plus à nous quitter.

— Alors mes droits seront égaux aux vôtres ; je revendiquerai la part qui me revient de l'héritage de notre père, oui, continua Anatole en s'animant encore plus, fallût-il tout vendre ici...»

Mais Charles l'interrompit vivement.

« N'achève pas ! s'écria-t-il ; ne me laisse pas croire que telle est la récompense que tu destines à ces enfants qui tout à l'heure voulaient se dépouiller pour toi. Ta conduite présente est assez coupable, sans que tu engages encore l'avenir. »

Anatole se vit en effet réduit au silence ; mais si c'était celui de la honte, ce n'était pas celui du regret.

VII

Prudence fraternelle.

Un événement qui paraissait s'annoncer sous les apparences les plus heureuses, surgit bientôt pour la famille de Jacques Bressant. Le fils d'un riche banquier de Saintes demanda la main de Cécile. Ce n'étaient point les qualités morales que possédait la jeune fille qui lui avaient attaché ce prétendant, car il les connaissait à peine, et le frivole avantage de la beauté était le seul dont il fît cas pour déterminer son choix. Fils unique d'un père fort âgé et qui cédait d'habitude à tous ses caprices, Léon Dutheil n'avait eu à surmonter aucun obstacle sérieux de ce côté, et il était bien convaincu de l'empressement des Bressant à accepter une fortune aussi inespérée pour la jeune Cécile.

Plus de vingt années auparavant, Jacques Bressant, alors simple marchand colporteur, avait inspiré assez de confiance à M. Dutheil pour que celui-ci lui avançât une petite somme qui servit à accroître son commerce. Depuis ce temps, des relations d'affaires, basées d'une part sur cette confiance bien méritée, de l'autre sur la plus stricte probité, avaient toujours existé entre la maison du riche banquier et celle du modeste marchand.

Jamais dans ses rêves les plus ambitieux, la veuve de Jacques n'eût osé songer à une pareille alliance pour sa fille, et sa vanité maternelle se trouva singulièrement flattée de la demande de Léon; cependant elle se défendit d'y faire aucune réponse définitive, avant de s'être consultée avec son fils aîné. Ce fut avec une vive impatience qu'elle attendit le retour de Charles, car elle avait hâte de lui communiquer cette importante nouvelle.

Une joie inaccoutumée remplissait le cœur de Marthe; sa pensée caressait des rêves de bonheur pour sa douce enfant; depuis longtemps, l'avenir ne lui avait paru aussi beau. Lorsque Charles eut connaissance de la démarche du jeune Dutheil, il ne dissimula point sa profonde surprise; mais cette impression était sans aucun mélange de plaisir; il souffrait au contraire d'être forcé de détruire les illusions de sa mère, et cependant il le fallait.

Au temps où Charles se laissait entraîner par les dissipations d'une vie folle et déréglée, Dutheil était un de ses compagnons qui dépassait toujours les autres dans les mille excès qu'ils confondaient avec le plaisir. Chez lui, ce n'était point seulement l'esprit qui s'était perverti, mais aussi le cœur ; et lorsque les souvenirs du jeune Dressant se reportaient à cette époque d'égarements dont alors il rougissait, les plus pénibles se rattachaient toujours au nom de Léon Dutheil. Et voilà l'homme qui demandait la main de sa sœur, douce et candide enfant, dont aucune mauvaise pensée n'avait jamais effleuré le cœur ! C'eût été unir l'impiété à la piété, l'impudence à la modestie, le vice à la vertu : monstrueux assemblage que tout l'or du monde ne pouvait rendre moins odieux.

Marthe fut d'abord consternée, en voyant ainsi détruire d'un souffle le charmant édifice de bonheur qu'elle s'était plu à élever, et son cœur laissa échapper l'expression des plus amers regrets. Charles crut que ses objections allaient être combattues, et il ajouta avec chaleur :

« Songez donc, ma mère, au caractère doux et faible de Cécile ; que deviendrait-elle unie à un homme aussi indigne de son affection ? Peut-être en ferait-il aussi la victime de ses écarts, peut-être aussi l'entraînerait-il à en devenir la complice. Ne frémissez-vous pas à la pensée d'un pareil danger ?

— Oui, oui, tu as raison, repartit alors Marthe avec un triste soupir, il n'y faut plus songer. Jacques disait toujours que la première des richesses, celle que nous devions envier au-dessus de toutes les autres, consistait en un cœur pur ; or ma pauvre Cécile possède du moins celle-là, ne tentons pas de la lui enlever. Écris à M. Léon Dutheil pour terminer au plus tôt cette affaire, et je m'efforcerai de n'y plus songer. »

Charles s'empressa de remplir cette délicate mission, et sa lettre fut conçue dans les termes qu'il crut les plus propres à ménager l'orgueil de Léon Dutheil. Il ne donna point d'autre cause à ce refus que l'extrême jeunesse de sa sœur, qui ne lui permettait pas encore de contracter un engagement aussi grave, aussi sérieux que celui qui lui était proposé.

Cécile avait appris cette décision avec la plus parfaite indifférence. C'était une enfant encore, dont tous les instincts étaient bons, mais qui n'en avait pas moins besoin d'un guide ferme et éclairé. Elle se fût mariée comme le font journellement tant de jeunes filles de son âge, sans comprendre toute l'importance, toute la sainteté des liens qu'elle contractait ; jetant ainsi sa vie tout entière aux caprices d'une alliance douteuse, alliance souvent fatale, hâtons-nous de le dire, parce que les calculs de l'ambition d'une part, l'inexpérience de l'autre, ont seuls présidé à ces sortes d'engagements. Parents chrétiens, qui voulez assurer le bonheur de votre fille, songez d'abord à vous enquérir de la moralité de l'époux que vous lui donnez ; consultez son caractère avant de consulter sa fortune. Demandez surtout à Dieu de vous éclairer de ses lumières, car vous tenez entre vos mains le sort de votre enfant, non pas seulement dans ce monde, mais encore dans l'éternité.

Anatole était trop profondément irrité contre son frère pour approuver une résolution dont il était l'instigateur ; aussi se répandit-il en murmures contre ce qu'il ne craignait point d'appeler une inqualifiable folie. Peut-être quelques regrets personnels venaient-ils se joindre à ceux qu'il disait éprouver pour sa sœur, et avait-il espéré une petite part dans la brillante fortune qu'on lui faisait rejeter. Il est certain du moins qu'il s'était proposé d'emprunter, à la bourse de son riche beau-frère, les moyens d'exécuter un projet auquel il n'avait nullement renoncé.

Une fois que l'égoïsme s'empare de nos cœurs, il obscurcit notre jugement, fait du juste l'injuste ; enfin son souffle empesté vicie tous nos sentiments.

VIII

Une vengeance.

On fut pendant quelques jours dans la famille Bressant sans connaître l'effet produit sur Léon Dutheil par le refus, très inattendu sans doute, qui avait repoussé sa demande.

Charles n'était pas sans une certaine inquiétude, qu'il n'avait pas voulu communiquer à sa mère, et que la connaissance qu'il possédait du caractère de Léon justifiait complètement.

M. Dutheil avait bien voulu continuer au fils du colporteur la confiance que le père avait su autrefois lui inspirer, et Charles se trouvait débiteur d'une assez forte somme envers la maison du banquier. Cet argent était représenté, il est vrai, bien au delà de sa valeur par les marchandises qui remplissaient les magasins; mais s'il avait fallu les réaliser immédiatement, c'est-à-dire dans un moment où une forte baisse se faisait sentir, il en fût résulté une sorte de ruine pour les Bressant.

Cependant les jours s'écoulaient, et Charles

commençait à se flatter que le sentiment de la justice parlerait plus haut dans le cœur du banquier que les ressentiments de son fils, lorsque cet espoir se vit tout à coup déçu par une très pressante invitation de s'acquitter dans le plus bref délai.

« Léon se venge, se dit Charles, je devais m'y attendre ; l'honneur, la délicatesse lui ont toujours été étrangers. Si mes intérêts seulement devraient être compromis, je n'hésiterais pas, et ma ruine en fût-elle complète, je romprais à l'instant toutes relations avec cette maison ; mais ma position m'impose d'autres devoirs, et je tâcherai de les remplir. Mon refus à humilié Léon, il veut jouir du plaisir de m'humilier à son tour. Il faut à son orgueil mon abaissement, à sa vengeance mes inquiétudes, et en définitif notre ruine, peut-être ! »

C'était un pénible devoir que celui qui venait s'imposer ainsi à Charles, et son orgueil en murmurait tout bas ; mais il sut lui imposer silence. Fort de l'appui de sa conscience qui lui disait qu'il avait bien agi, il résolut de s'en reposer sur Dieu pour le reste, et sans se permettre la moindre hésitation, il se rendit sur le champ chez le banquier.

Il lui fut impossible néanmoins de parvenir

jusqu'à M. Dutheil ; les commis avaient reçu des ordres pour l'évincer de la manière la plus désobligeante. Après maintes démarches infructueuses, il lui fut permis enfin de s'entretenir quelques instants avec Léon, et cette entrevue lui enleva tout espoir. Du reste, quoique l'amer ressentiment du jeune homme fût évident et que la cause n'en fût pas douteuse pour Charles, on n'y fit ni de part ni d'autre aucune allusion. Le fils du banquier voulait paraître dans cette circonstance n'agir que d'après les ordres de son père. A l'entendre, M. Dutheil n'avait pas assez de confiance dans la manière de travailler de Charles, dans la prudence qui présidait à ses transactions, pour lui abandonner plus longtemps ses capitaux. La moralité éprouvée de Jacques Bressant, son âge offraient des garanties que Charles ne pouvait encore se flatter de posséder. Enfin, pour dernier trait ; Léon termina en disant :

« Tous ceux qui connaissent votre conduite passée ne pourront qu'applaudir aux mesures que mon père croit devoir prendre. »

Charles eut de la peine à contenir son indignation, car de tels reproches dans la bouche de Léon ressemblaient à une impitoyable moquerie. Cependant le jeune Bressant répondit avec une sorte de calme :

« Un passé coupable est un pesant fardeau qu'on est condamné à traîner toujours après soi, je le savais déjà ; mais il me semble aussi que les craintes de Monsieur votre père eussent été plus légitimes il y a deux ans qu'elles ne le sont aujourd'hui.

— Il n'en juge pas ainsi.

— Veuillez du moins le prier de m'accorder du temps.

— Tout le temps que la loi vous accorde, et pas un jour au delà. »

Et, en achevant ces mots, Léon se leva, annonçant ainsi qu'il désirait voir finir l'entretien. Charles comprit que toute nouvelle instance serait inutile, son ennemi voulant pousser sa vengeance jusqu'à la dernière extrémité. Il eut assez d'empire sur lui-même pour se maintenir toujours dans les bornes de la modération ; mais il s'appliqua aussi à dissimuler ses secrètes inquiétudes ; c'était là une joie qu'il ne voulait pas donner au vindicatif Léon.

Il fallait bien que Charles se décidât à instruire sa famille de la fâcheuse situation qui allait leur être faite, par suite des ressentiments du jeune Dutheil ; et quelque ménagement qu'il apportât dans ses révélations, la pauvre Marthe en fut terrifiée. Elle se voyait déjà, ainsi que ses enfants, réduite à la plus profonde misère, et Charles eut toutes les peines imaginables à lui faire envisager leur position sous un aspect moins désespéré.

Quoiqu'il prît sa part dans les chagrins de la famille, Anatole ne négligea pas néanmoins de faire remarquer que non seulement de pareilles inquiétudes auraient pu leur être épargnées, mais encore qu'il n'eût tenu qu'à eux de profiter des brillants avantages que l'union de Cécile avec le fils du banquier n'aurait pu manquer de leur procurer.

« Tu oublies, repartit vivement Charles, que c'eût été les payer trop chèrement, puisque le bonheur de notre sœur eût été gravement compromis. Quant à moi, je suis bien résolu à ne jamais sacrifier aucun d'entre vous à l'intérêt général ; je me croirais aussi coupable que si, pour complaire aux désirs d'un seul, je sacrifiais les intérêts de tous. L'un ou l'autre de ces calculs me paraîtrait souverainement injuste. Travaillons de tout notre pouvoir au bonheur commun, et Dieu, qui a déjà béni les efforts de notre père, consentira peut-être à bénir les nôtres. C'est surtout à toi que je m'adresse, Anatole ; car Frédéric et André sont encore bien jeunes, et ils ont d'autres devoirs. Renonce à tout dessein de nous quitter et prête-moi un courageux concours. »

Anatole détourna la tête, et refusant la main que son frère lui présentait, il dit :

« C'est ton obstination qui nous vaut ces embarras ; c'est à toi à nous en tirer.

— Eh bien, j'y emploierai tout ce que j'ai de force et d'intelligence ; mon cœur me dit que j'ai rempli un devoir, et je n'ai point oublié d'ailleurs ces paroles, que répétait si souvent notre père : « Fais ce que dois, advienne que pourra ! »

IX

Le sacrifice.

Grâce aux perfides insinuations de Léon Dutheil, il courut bientôt par toute la ville certains bruits qui tendaient à faire douter de la solvabilité de la maison Bressant. On n'osait, il est vrai, s'attaquer à la conduite de Charles, dont la régularité était devenue par trop évidente ; mais on parlait vaguement de spéculations malheureuses qui avaient englouti la petite fortune amassée péniblement par l'ancien colporteur. Ces bruits, inventés par la méchanceté, propagés par la sottise, étaient de nature à compromettre vivement le crédit dont avaient joui justement les Bressant. Il

n'était pas jusqu'au désir fort connu alors d'Anatole, de ne point se livrer au commerce de son
père, mais d'abandonner au contraire sa famille,
qui ne fournit une nouvelle preuve en faveur de
ces fausses allégations. Sans doute, le fils cadet
de Jacques Bressant était si convaincu de leur
ruine prochaine, qu'il voulait aller chercher fortune ailleurs. On ajoutait encore que Charles,
abusant de son pouvoir, faisait peser sur la famille
un joug insupportable ; ses frères et sa sœur
gémissaient sous le poids de cette tyrannique
autorité. Le jeune homme n'ignorait aucun de ces
propos calomnieux, et parfois ils portaient dans
son âme un pénible découragement. C'est une
louable ambition que celle qui nous porte à désirer
l'estime universelle; sachons néanmoins lui pré-
férer l'approbation de notre conscience. Les lois
divines sont justes et éternelles; le jugement des
hommes varie au gré des événements, et souvent
le succès légitime tout à leurs yeux. Dieu, qui
lit au fond des cœurs, nous juge d'abord sur l'intention ; de là vient qu'il absout parfois celui que
le monde condamne. Mais prions-le seulement de
ne point permettre que la divine lumière, qui
éclaire nos âmes, puisse s'obscurcir, une fausse
conscience étant l'un des plus grands malheurs
que nous ayons à redouter.

A part les rares instants de découragement dont nous avons parlé, Charles poursuivait sa difficile tâche avec le zèle le plus infatigable. Il savait maintenir ses plus jeunes frères dans la ligne de leurs devoirs, employant tour à tour la persuasion et la fermeté, leur citant même son propre exemple comme preuve qu'il n'est point de défauts dont on ne puisse triompher; il avait su prendre ainsi sur eux un juste et légitime ascendant. Anatole était le seul qui persistât à s'y soustraire. La noble conduite de Charles avait en lui un censeur toujours disposé à en méconnaître les motifs ou à les dénaturer; et lorsque son frère aîné se vouait si courageusement aux intérêts de tous, on eût pu croire, à l'entendre, qu'il ne songeait qu'aux siens propres. Cette injustice peinait Charles, et il désespérait presque de ramener à de meilleurs sentiments ce caractère obstiné.

Un jour que toute la famille était réunie, à l'exception toutefois de Charles, qui ne s'accordait guère de repos, elle reçut la visite d'un riche fabricant des environs de Saintes nommé Formont. C'était un vieillard, ayant une certaine réputation d'originalité, mais que l'on citait cependant comme l'un des hommes les plus honorables du pays. M. Formont commença par demander Charles, et parut contrarié de son absence.

« Mon fils ne tardera pas à rentrer, Monsieur, dit alors la veuve ; mais si vous vouliez nous charger de quelque commission pour lui, nous nous en acquitterions avec soin, et.....

— Non, non, c'est impossible, repartit vivement le fabricant, je ne puis traiter qu'avec lui seul l'affaire qui m'amène ici.

— Cependant, Monsieur, dit alors Anatole avec hauteur, ma mère ne peut être considérée comme étrangère aux affaires de notre maison.

— Qui vous dit, jeune homme, que les *affaires de votre maison* (et le fabricant appuya ironiquement sur ces mots) aient rien de commun avec le motif qui me conduit ici. Au surplus, je n'ai nulle raison de le cacher ; si vous pouviez même me tirer immédiatement d'incertitude à ce sujet, je n'en serais pas fâché. Savez-vous, Madame, continua le vieillard en s'adressant particulièrement à Marthe, ce que votre fils aîné a décidé à l'égard des propositions que je lui ai faites ?

— Mais de quelles propositions voulez-vous parler, Monsieur ? repartit la veuve.

— Eh parbleu ! de le mettre à la tête de ma fabrique, d'assurer son avenir de la manière la plus brillante, s'il possède en effet toutes les qualités que j'ai cru remarquer en lui. »

Marthe et Anatole se regardèrent avec l'expression d'une vive surprise, et la veuve repartit avec émotion :

« Mon fils m'a laissée complètement dans l'igno-rance à ce sujet, et je ne sais quoi vous répondre.

— Il me semble, dit alors Anatole, que ce silence même peut servir à lever tous les doutes ; mon frère nous ménage sans doute une agréable surprise, en nous apprenant qu'il accède aux pro-positions de Monsieur. »

L'agitation de la veuve parut encore augmenter ; ce fut d'après sa prière que M. Fromont entra alors dans plus de détails sur ce qu'il comptait faire en faveur de Charles. Il était riche et sans héritiers directs : dans de fréquentes relations d'affaires avec Charles, il avait reconnu en lui de l'activité, de l'ordre, de l'intelligence, et désirait se l'attacher particulièrement. Mais tous les avan-tages que le jeune homme devait retirer de cette position étaient dans l'avenir que le vieillard s'en-gageait à assurer de la manière la plus magnifique, si Charles se dévouait complètement à ses intérêts comme il l'espérait, et il ne dépendait que de lui de devenir ainsi, avec le temps, l'un des principaux fabricants du pays.

Marthe avait écouté tous ces détails sans inter-rompre une seule fois le vieillard ; cependant, au fond de son cœur se cachait une sorte de colère

contre l'homme qui voulait la priver de son fils.
Mais comment eût-elle osé manifester de pareils
sentiments, fruits d'un égoïsme qu'elle se repro-
chait, lorsque les seuls moyens que M. Formont
comptait employer étaient des bienfaits.

Anatole avait eu plus de peine à se contenir;
aussi il attendit à peine que M. Formont eût fini
pour lui dire :

« Mais n'avez-vous pas réfléchi, Monsieur, que
mon frère se devait avant tout à sa famille? C'est
lui qui depuis la mort de notre père dirige nos
affaires.

— Il me semble alors, reprit le fabricant, qu'il
est parfaitement juste que vous vous en chargiez
à votre tour.

— J'ai d'autres desseins, ajouta Anatole avec
un peu d'embarras.

— C'est-à-dire que vous préférez laisser la
tâche à votre aîné; mais alors vous ne serez
pas étonné si lui-même consulte d'abord ses
intérêts. »

Le jeune homme se disposait à riposter, et
sans doute avec aigreur; mais sa mère ne lui en
laissa pas le temps.

« Le choix de Charles sera complètement libre,
dit-elle; nul de nous n'essaiera de l'influencer en
quoi que ce soit. »

Cependant ces paroles, qu'un sentiment de justice naturelle arracha à Marthe, rencontraient au fond de son cœur une secrète protestation. Elle attendait le retour de son fils avec une impatience pleine d'anxiété; puis, lorsqu'il parut, elle regretta presque qu'il n'eût point tardé plus long-temps.

Charles salua M. Formont avec une expression de respect et de reconnaissance qui parut à celui-ci d'un favorable augure pour la réalisation de son désir.

« Eh bien, jeune homme, fit-il, êtes-vous donc si assuré des bonnes dispositions de la fortune à votre égard que vous croyiez ne devoir apporter aucun empressement à les accepter?

— Hélas! Monsieur, répondit Charles, la fortune ne m'a pas gâté jusqu'à ce jour, et j'ai eu plutôt à m'en plaindre qu'à m'en louer.

— Vous avez reçu ma lettre? continua M. Formont en attachant un regard perçant sur le jeune homme.

— Oui, Monsieur, et il me serait difficile de vous bien exprimer tous les sentiments qu'elle a fait naître dans mon cœur, car vous ne vous êtes pas adressé à un ingrat.

— Ainsi vous acceptez?...

— Non, Monsieur, je refuse. »

Une joie qu'elle se reprocha aussitôt remplit l'âme de la veuve, tandis que le fabricant s'écria avec une pénible surprise :

« Vous n'avez donc pas compris quels immenses avantages vous sont offerts ?

— Je les ai compris, et ils ne sont égalés que par ma reconnaissance. Recevoir une telle preuve d'estime de votre part, Monsieur, console de bien des injustices ; mais ma place est ici, au milieu de ma famille, dont la mort de notre pauvre père m'a fait le soutien naturel. Le modeste établissement délaissé par lui est cher à ses enfants, et ils doivent mettre tous leurs soins à le conserver.

— Mais tout le monde sait déjà que Dutheil vous retire ses fonds ; votre crédit ne peut manquer d'en souffrir, et vous ne vous relèverez pas de là.

— J'espère encore qu'il en sera autrement. D'ailleurs si j'acceptais vos offres, Monsieur, je tiendrais à honneur de me dévouer complètement à vos affaires ; il ne me serait donc plus possible de veiller sur ma famille, et je sacrifierais ainsi mes devoirs à mes intérêts ; ou bien je ne remplirais pas loyalement mes engagements envers vous, et j'encourrais de votre part de justes reproches.

— Ainsi c'est un refus bien arrêté?

— Et ajoutez, je vous en prie, bien reconnaissant. »

M. Forment se leva ; son désappointement était visible.

« Vous êtes après tout un brave garçon , dit-il ; mais retenez ce que je vous dis, vous ne serez jamais riche. »

Charles sourit.

« C'est un malheur dont j'essaierai de me consoler par la pensée que j'ai rempli mon devoir. »

Le vieillard serra fortement les deux mains du jeune homme , puis il sortit brusquement.

X

Un ami.

Après le départ, il y eut un instant de silence ; puis Cécile prit entre les siennes la main de sa mère, dont le visage était couvert de larmes.

« Vous pleurez ! lui dit-elle ; cependant Charles ne veut pas nous quitter.

— Il y a des larmes qui sont douces à répandre, repartit la veuve.

— Ce vilain homme, dit le plus jeune des

enfants, il cherchait donc à nous enlever notre frère ? »

Charles s'écria vivement :

« Oh ! il n'est pas un de vous, n'est-ce pas, qui ait pu croire que je consentisse à un pareil abandon ? »

Cette interpellation fit monter le rouge de la honte au front d'Anatole. Pour la première fois, il était contraint de s'avouer son injustice envers son frère, dont la conduite, les sentiments étaient si supérieurs aux siens. Aussi sa voix ne s'unit-elle point à celle des autres membres de la famille lorsqu'ils protestèrent de leur confiance et de leur attachement. Ce silence ne pouvait échapper à Charles ; il comprit qu'il y avait un esprit qui l'avait soupçonné, un cœur qui avait douté du sien.

« Mais pourquoi, dit alors Marthe, ne t'étais-tu pas ouvert à nous sur un pareil sujet ? Je suis tentée de te reprocher ton silence.

— Je préférais attendre jusqu'au moment où un refus formel de ma part aurait complètement terminé cette affaire, mais l'impatience de M. Formont a dérangé mon projet.

— Ainsi tu n'éprouves aucun regret ?

— Non, bonne mère ; je voudrais pouvoir ajouter aussi que je suis exempt de toute inquié-

tude ; malheureusement il n'en est pas ainsi.
Toutes mes démarches pour me procurer des
fonds, en remplacement de ceux que nous devons
rembourser à M. Dutheil, ont été infructueuses ;
je serai donc forcé de vendre, de vendre à tout
prix, et c'est là un parti désastreux ! »

Un morne silence suivit cette triste révélation ;
Anatole lui-même n'osa plus répliquer qu'il n'eût
tenu qu'à eux d'éviter cette fâcheuse extrémité,
en ne repoussant point la demande du fils du
banquier. Le désintéressement de Charles eût
fait paraître plus révoltante encore une semblable
opinion.

L'arrivée de Lorin vint apporter un instant
de trêve aux pénibles préoccupations de la famille.
Il y a dans la présence d'un ami dévoué un sou-
lagement pour le cœur ; le chagrin, les inquiétudes
que l'on peut confier paraissent d'un poids moins
accablant. L'honnête hôtelier fut bientôt au cou-
rant de tout ce qui s'était passé, et il écouta ce
récit avec une indignation que légitimait la conduite
des Dutheil.

« Le père est faible et le fils perverti, dit-il,
il y a longtemps que je sais cela mais il n'est
pas moins vrai que pour cette fois du moins ils
ne réussiront pas à exécuter leurs mauvais desseins ; et c'est Lorin, autrefois aubergiste, au-

jourd'hui rentier et possesseur d'une jolie petite somme, qu'il met à votre disposition, qui saura bien les en empêcher. »

Puis, se voyant pressé de questions par toute la famille, que ce début, ainsi qu'on l'imagine aisément, avait vivement intéressée, le digne hôtelier expliqua comment la vente très avantageuse de son auberge venait tout à coup de lui donner une petite fortune qu'il s'estimait heureux de pouvoir confier à ses amis.

« Mon cher M. Lorin, repartit Charles avec émotion, vous connaissez les chances du commerce : eh bien, si elles devaient nous être défavorables et compromettre ainsi la modeste aisance que vous ont procurée trente années de travail?...

— Ta! ta! fit Lorin, on compte un peu sur la Providence donc; le commerce est chanceux, cela est vrai, mais avec de la prudence et de l'ordre, on trouve moyen de diminuer les mauvaises chances. Vous êtes un brave garçon, Charles, le fils de mon meilleur ami, et il faut bien que les honnêtes gens s'aident entre eux. »

Un service si noblement offert ne se refuse pas; seulement il impose des obligations, qu'un caractère comme celui de Charles, ne pouvait méconnaître; si sa reconnaissance envers Lorin

fut sobre de paroles, il se promit de la manifester
par des faits.

Ainsi les inquiétudes de la famille Bressant se
trouvèrent subitement dissipées, et elle se trouva
en mesure de s'acquitter sans retard envers les
Dutheil, sans recourir à aucun sacrifice.

Léon éprouva le regret d'avoir manqué sa vengeance; son dépit fut d'autant plus violent qu'il
reconnut bientôt que le vent de la faveur publique,
toujours si inconstant, s'était subitement tourné
vers celui qu'il considérait comme son ennemi.
Chacun payait alors à Charles le tribut d'estime
et de louanges qui lui était dû; on vantait sa conduite désintéressée, son amour pour sa famille,
qui l'avait porté à refuser des avantages dont il
aurait été seul à profiter, car M. Formont avait
ébruité lui-même cette affaire si honorable pour
le jeune homme.

Maintenant que la confiance de Lorin avait mis
fin aux embarras de Charles, il n'eût tenu qu'à
lui de puiser dans un grand nombre de bourses,
et les offres lui arrivaient de toutes parts. La
plaie faite par la méchanceté avait été fermée par
l'amitié.

XI

Les deux frères.

Anatole n'avait pas renoncé cependant à ses projets ambitieux ; sa pensée se portait toujours vers la carrière qui devait, selon lui, le mettre sur la route des honneurs.

« Avocat ! se disait-il ; cela de nos jours mène à tout, tandis qu'en demeurant ici je ne serai jamais qu'un obscur marchand. »

L'époque de sa majorité approchait, et il allait se trouver libre de suivre ses goûts, sans qu'on pût lui opposer de sérieux obstacles. Néanmoins on n'eût pu dire qu'il attendît ce moment avec une impatience exempte de toute crainte ; il redoutait l'instant où il lui faudrait déclarer positivement à sa famille qu'il était bien décidé à séparer complètement leurs intérêts, à les quitter peut-être pour toujours. Puis il ne pouvait se défendre d'une certaine honte, en comparant la conduite de Charles à la sienne. D'une part c'était la générosité et le dévouement, de l'autre l'égoïsme et l'ambition. Or, quelque disposés que nous soyons à nous juger favorablement, il est certains moments où la voix de la conscience parle plus haut dans nos cœurs que celle de l'intérêt personnel. Un noble exemple porte toujours ses fruits, et l'influence qu'il exerce est d'autant plus puissante que les faits se sont passés plus près de nous. C'est ce qui explique que, dans certaines familles, les traditions honorables se perpétuent de génération en génération.

Charles paraissait être bien convaincu que son frère avait renoncé à ses projets ambitieux et qu'il ne songeait plus à les quitter ; aussi se l'était-il adjoint dans les soins que réclamait leur commerce, sans que celui-ci osât lui opposer une sérieuse résistance, remettant à l'époque de sa majorité la manifestation bien positive de sa volonté.

Soit qu'Anatole eût affaire aux fabricants ou aux détaillants qui traitaient ordinairement avec son frère, l'éloge de Charles était dans toutes les bouches : celui-ci vantait son intelligence, son activité ; cet autre, la droiture, la probité qu'il apportait dans toutes ses transactions. Enfin le cadet des Bressant fut contraint, un jour, de s'avouer que cette bonne renommée, qui s'attachait à la conduite de son frère, avait de quoi satisfaire une généreuse ambition. L'estime qu'il inspirait généralement n'était point due au succès ou à la fortune ; mais c'était la plus honorable de toutes, puisqu'elle concernait les qualités de l'esprit et du cœur.

Pour attirer cette juste considération, Charles n'avait pas eu besoin de quitter sa ville natale et d'aller chercher au loin des talents, une fortune que l'on acquiert rarement et que l'on paie parfois bien cher. Elle était le prix des devoirs scrupuleusement remplis, et si l'opinion publique avait erré un instant sur son compte, il en était alors amplement dédommagé.

Ces réflexions, qui venaient souvent s'offrir à l'esprit d'Anatole, ébranlaient un peu sa résolution de se séparer des siens, mais sans pouvoir jamais en triompher complètement. Charles, qui lisait parfaitement dans son cœur ce qui s'y passait, se persuada que l'un des plus sûrs moyens de retenir Anatole serait de le convaincre que sa présence et ses soins étaient indispensables au bien-être de sa famille; n'avait-il pas appris par sa propre expérience tout l'empire du devoir? Pour parvenir à ce résultat, Charles n'hésita pas à se démettre en faveur de son frère d'une partie de l'autorité dont les circonstances et son titre d'aîné l'avaient investi. Il lui montra Frédéric et André comme étant parvenus à l'âge où la plus stricte surveillance devenait nécessaire. Il fallait tout à la fois réprimer le penchant qui entraînait l'un vers la dissipation, et stimuler l'extrême mollesse de l'autre. Or personne n'était plus à même qu'Anatole de se charger de cette double tâche, puisqu'il avait toujours su se défendre également de ces deux défauts. Charles s'efforça ensuite d'intéresser l'ambitieux jeune homme à diverses combinaisons commerciales dont il entrevoyait d'heureux résultats, mais qui demandaient pour réussir le concours actif, les soins intelligents d'un autre lui-même; aussi c'était sur son frère qu'il avait compté.

Il sut ainsi attacher Anatole par tant de liens divers, que celui-ci sentait s'augmenter de jour en jour la difficulté d'annoncer son prochain départ.

Jusqu'alors Charles ne s'était guère attaqué qu'à l'amour-propre de son frère; mais bientôt l'aîné des Bressant jugea devoir employer un plus noble mobile : ce fut de s'adresser au cœur d'Anatole. Il lui montra quel doux contentement donne la certitude d'avoir rempli son devoir, la force qu'on y puise pour lutter contre les épreuves de cette vie. Si le moment où nous nous voyons contraints d'immoler nos goûts, nos désirs est quelquefois pénible, on est bien dédommagé d'un pareil sacrifice; Dieu vous le paie au centuple.

« D'ailleurs, ajoutait Charles, se dévouer à sa famille, c'est se ménager ici-bas les plus douces récompenses.

Anatole n'était pas entièrement convaincu, et les chimères ambitieuses qu'il avait si longtemps caressées parlaient encore bien haut dans son âme. Elles lui suggérèrent de recourir à un moyen terme qui devait selon lui tout concilier, et il annonça bientôt à sa mère et à Charles qu'il irait étudier le droit à Paris pendant quelques mois, afin d'essayer si la carrière qu'il avait tant désiré embrasser lui offrirait en effet tout le charme qu'il comptait y trouver. Dans le cas contraire, il s'empresserait de revenir vers sa famille. Cette annonce brisa le cœur de Marthe.

« S'il nous quitte, il est perdu pour nous, dit-elle à Charles lorsqu'elle se trouva seule avec lui.

— Je le crains.

— Mais que faire pour le retenir ?

— Hélas ! je ne sais ; je m'étais adressé tour à tour à son ambition, à son esprit, à son cœur, et je croyais le succès à peu près certain ; il paraît que je m'abusais. Anatole pouvait trouver le bonheur ici, mais il préfère lâcher la proie pour courir après l'ombre. »

La pauvre Marthe pria Dieu de changer les

desseins du cadet de ses fils, et de leur éviter ainsi, à elle de mortelles inquiétudes, à lui d'inévitables regrets.

Cependant le jour du départ arriva, et toute la famille se trouva encore réunie pour prendre ensemble le repas du matin. Les yeux rouges de la veuve, ses paupières gonflées, trahissaient une pénible insomnie; Charles était triste mais calme; Anatole pâle et agité. Quant aux autres membres de la famille, on pouvait lire sur leur physionomie l'expression du reproche; car ils en voulaient à leur frère de la douleur qu'il causait à leur mère. Cependant la douce Cécile ne s'en occupait pas avec moins de zèle de préparer tout ce qui pouvait être nécessaire au voyageur.

Le repas fut silencieux; on ne prononçait de part et d'autre que quelques paroles absolument indispensables.

Le départ fut fixé à neuf heures, et le moment était venu pour Anatole de prendre congé des siens. Il se leva, en proie à une émotion qui se lisait tout entière dans l'altération de ses traits, et s'approcha d'abord de ses jeunes frères, qu'il embrassa en silence. L'adieu et la bénédiction de la veuve se confondirent dans un sanglot. Lorsqu'Anatole arriva devant Charles, il lui tendit la main; mais celui-ci ne s'empressa pas de lui donner la sienne ; seulement ses regards demeuraient fixés sur le jeune homme, comme s'il eût voulu chercher jusqu'au fond de son âme ce qui s'y passait.

« Est-ce que nous ne nous séparerons pas amis ? » demanda Anatole qui voyait que la main de Charles semblait fuir la sienne.

Et, en disant ces mots, sa voix tremblait.

« Non, répondit lentement Charles, je ne puis voir un ami dans celui qui nous abandonne, qui, pour satisfaire une vaine ambition, se décide à déchirer nos cœurs et le sien propre ; à celui-là je refuse ma main. »

La pénible émotion d'Anatole parut encore augmenter.

« Mais j'ouvre mes bras, poursuivit Charles avec force, au frère qui reconnaît son tort, abjure un projet insensé, demeure auprès de sa famille qu'il aime. Maintenant je ne te dirai pas de choisir, car ton choix est déjà fait. »

Et, en achevant ces mots, le fils aîné de Jacques Bressant attira Anatole sur son cœur et l'y retint fortement pressé.

« C'en est fait des désirs ambitieux, s'écria Anatole, je ne vous quitterai pas !...

— Tu éprouvais déjà tous les regrets de l'absence, ajouta Charles, je les lisais dans ton âme. Va, crois-moi, frère! tu t'évites aussi bien des mécomptes, et qui sait? peut-être bien des remords. »

Toute cette scène s'était passée avec une telle rapidité que Marthe croyait faire un rêve; mais du moins celui-là était bien doux et lui faisait craindre le réveil. Aussi remerciait-elle Dieu, dans toute l'effusion de son âme, d'avoir exaucé ses prières.

L'heure du départ s'écoula pendant qu'Anatole recevait de la part de toute sa famille les plus tendres assurances d'attachement; cela valait mieux que de se sentir rapidement emporté sur la route de Paris, en laissant derrière soi les regrets, pour ne trouver que l'isolement et un tardif repentir.

XII

Conclusion.

L'établissement de l'ancien colporteur a prospéré de jour en jour, grâce à l'active concours de ses quatre fils. La maison des Bressant est maintenant une des premières du pays. Sa réputation est fondée sur les meilleures garanties: l'ordre, le courage, la probité; c'est avec de tels éléments de succès, que Charles, secondé, d'ailleurs par ses frères, a su imprimer à leurs affaires un accroissement considérable.

Marthe est heureuse, bien plus encore de l'union de ses enfants que de l'augmentation de la fortune, car si elle contribue au bonheur, seule elle est impuissante à le donner.

A mesure que la maison Bressant s'est élevée, celle des Dutheil s'est au contraire abaissée. Le vieux banquier étant mort, son fils contribua grandement à cette décadence par sa conduite toujours plus déréglée; et on peut prévoir le moment où une ruine complète en deviendra le premier châtiment. Léon, qui avait vu avec peine lui échapper le moyen de vengeance qu'il avait imaginé contre les Bressant, chercha, quelques années après, à profiter du goût de Frédéric pour la dissipation, afin de l'entraîner dans de coupables écarts; mais, sentinelle vigilante, son frère aîné veillait, et il fit échouer ses détestables projets.

Le bon Lorin continue à être tout dévoué à ses amis. Charles lui rappelle quelquefois cette funeste soirée où il le rencontra ramenant vers sa famille le malheureux Jacques qui se mourait. Ce souvenir est gravé dans le cœur du jeune homme d'une manière ineffaçable; le temps a

adouci les regrets et la douleur ; mais Charles n'a
jamais cessé de voir l'intervention divine dans
cette rencontre ; Dieu avait voulu sans doute qu'il
fût le plus vivement frappé, parce que c'était à
lui que la plus lourde tâche allait échoir.

« Et cette tâche, tu l'as noblement remplie,
mon garçon, disait Lorin ; là haut le pauvre
Jacques est content de toi.

« — Je n'ai fait que mon devoir, M. Lorin, et
ne m'en enorgueillis pas ; mais je remercie Dieu,
qui, en me le faisant comprendre, m'a donné
en même temps la force de l'accomplir. »

FIN

TABLE

—

— Lille. Typ. J. Lefort. 1884 —

9 782019 929190